10
18

12, AVENUE D'ITALIE. PARIS XIII^e

## *Sur l'auteur*

Claire Keegan est née en 1968 en Irlande, où elle vit. Saluée comme une des voix importantes de la jeune génération des écrivains irlandais, elle est publiée dans de nombreux pays et a remporté plusieurs prix importants. Après *L'Antarctique* et *Les Trois lumières*, elle signe un deuxième recueil de nouvelles, *À travers les champs bleus*, aux éditions Sabine Wespieser.

# CLAIRE KEEGAN

# LES TROIS LUMIÈRES

Traduit de l'anglais (Irlande)
par Jacqueline Odin

10/18

SABINE WESPIESER ÉDITEUR

*Du même auteur*
*aux Éditions 10/18*

L'ANTARCTIQUE, n° 4480

Titre original :
*Foster*

Éditeur original : Faber & Faber, London, 2010


ISBN 978-2-264-05613-9

Pour Ita Marcus
et à la mémoire de David Marcus

# 1

Tôt un dimanche, après la première messe à Clonegal, mon père, au lieu de me ramener à la maison, s'enfonce dans le Wexford en direction de la côte d'où vient la famille de ma mère. C'est une journée chaude, radieuse, avec des zones d'ombre et de brusque lumière verdâtre sur la route. On traverse le village de Shillelagh où mon père a perdu aux cartes notre génisse Shorthorn rouge et, plus loin, on longe le marché de Carnew où l'homme qui l'avait gagnée n'a pas tardé à la revendre. Mon père lance son chapeau sur le siège du passager, baisse la vitre et fume. Je secoue mes cheveux pour défaire mes tresses et m'étends sur la banquette, regardant par la lunette arrière. Ici le ciel est bleu, dégagé. Là le ciel bleu est garni de nuages crayeux, mais le plus souvent c'est un mélange enivrant de ciel et d'arbres strié de câbles électriques en travers desquels, de temps en temps, de petites volés brunâtres d'oiseaux fugaces se précipitent.

Je me demande comment elle sera, cette maison qui appartient aux Kinsella. Je vois une grande femme me surveiller, me faire boire du lait encore chaud du pis de la vache. Je vois une version plus improbable d'elle, en tablier, verser de la pâte à crêpes dans une poêle, demander si j'en voudrais une autre, comme ma mère le fait parfois quand elle est de bonne humeur. L'homme aura la même taille qu'elle. Il m'emmènera en ville sur le tracteur et m'achètera de la limonade rouge et des chips. Ou bien il me fera nettoyer les hangars et ramasser les pierres et arracher les séneçons et les patiences dans les champs. Je le vois tirer de sa poche ce qui, j'espère, sera une pièce de cinquante pence, mais en réalité c'est un mouchoir. Je me demande s'ils habitent dans une vieille ferme ou un pavillon neuf, s'ils auront des cabinets extérieurs ou une salle de bains avec des w.-c. et l'eau courante.

Je m'imagine couchée dans une chambre sombre avec d'autres filles, en train de dire des choses que nous ne répéterons pas le matin venu.

Une éternité, ai-je l'impression, passe avant que la voiture ralentisse et tourne dans un étroit chemin goudronné, puis un frisson lorsque les roues claquent sur les barres métalliques d'une grille pour le bétail. De chaque côté, des haies épaisses sont taillées à angle droit. Au bout du chemin se trouve une longue maison blanche avec des arbres dont les branches traînent sur le sol.

« Papa, dis-je. Les arbres.

— Eh ben quoi ?

— Ils sont malades, je dis.

— C'est des saules pleureurs », dit-il, et il se racle la gorge.

Dans la cour, de hautes vitres brillantes reflètent notre arrivée. Je me vois sur la banquette en train de regarder, aussi farouche qu'une enfant gitane avec mes cheveux en bataille, mais mon père, au volant, ressemble juste à mon père. Un gros chien en liberté au pelage tacheté par les ombres des arbres pousse quelques aboiements rauques, sans conviction, puis s'assoit sur la marche et se retourne vers le seuil, où un homme s'est avancé. Il a un corps carré, comme les bonshommes que mes sœurs dessinent parfois, mais ses sourcils sont blancs, assortis à ses cheveux. Il ne ressemble vraiment pas aux gens de la famille de ma mère, qui sont tous grands avec de longs bras, et je me demande si on ne s'est pas trompés de maison.

« Dan, dit-il, et il se crispe. Comment va ?

— John », dit papa.

Ils restent immobiles un moment à regarder la cour, et les voilà qui parlent de la pluie : la pluie manque, les champs ont besoin de pluie, le prêtre de Kilmuckridge a prié pour la pluie ce matin même, on n'a jamais connu un été pareil. Il y a une pause pendant laquelle mon père crache puis la conversation s'oriente vers le prix du bétail, la Communauté européenne, les montagnes de beurre, le coût de la chaux et des bains traitants pour les moutons. C'est une chose dont j'ai l'habitude, cette manière qu'ont les hommes de ne pas parler : ils aiment détacher une motte de terre d'un coup de talon dans l'herbe, donner une tape sur le capot d'une voiture avant qu'elle démarre, cracher, s'asseoir les jambes bien écartées, comme si ça leur était égal.

Quand elle sort, la femme n'accorde pas la moindre attention aux hommes. Elle est encore plus grande que ma mère, avec les mêmes cheveux noirs mais les siens sont coupés net comme un casque. Elle a un chemisier imprimé et un pantalon marron évasé. La portière s'ouvre et je quitte la voiture, reçois un baiser. Ma figure, sous ce baiser, devient brûlante contre la sienne.

« La dernière fois que je t'ai vue, tu étais dans le landau, dit-elle, et elle recule, attendant une réponse.

— Le landau est cassé.

— Qu'est-ce qui est donc arrivé ?

— Mon frère s'en servait de brouette et la roue est partie. »

Elle rit, lèche son pouce et nettoie quelque chose sur ma figure. Je sens son pouce, plus doux que celui de ma mère, nettoyer l'endroit qui devait être sale. Lorsqu'elle regarde mes habits, je vois ma robe légère en coton, mes sandales poussiéreuses à travers ses yeux. Durant un instant aucune de nous ne sait quoi dire. Une brise étrange, fétide, balaie la cour.

« Viens à l'intérieur, *a Leanbh*[1]. »

Elle m'emmène dans la maison. Il y a un moment très sombre dans le couloir ; alors que j'hésite, elle hésite avec moi. Puis nous passons dans la chaleur de la cuisine où il faut que je m'assoie, que je me mette à l'aise. Sous l'odeur de pâtisserie, un désinfectant, un produit javellisé pointe. Elle retire du four une tarte à la rhubarbe qu'elle pose sur le plan de travail pour la laisser tiédir : du sirop bouillonnant prêt à

1. Mot irlandais qui signifie « enfant ». Employé de manière affectueuse. (*N.d.T.*)

déborder, de fines feuilles de pâte sculptées dans la croûte. Un courant frais souffle par la porte mais ici tout est chaud, tranquille et propre. De grandes marguerites sont immobiles comme le grand verre d'eau dans lequel elles se dressent. Il n'y a de trace d'enfant nulle part.

« Raconte-moi, comment va ta maman ?

— Elle a gagné dix livres avec les bons du Trésor.

— Pas possible !

— Mais si, je lui assure. On a tous mangé de la gelée et de la glace, et elle a acheté une chambre à air neuve et une trousse de réparation pour le vélo.

— Tu étais contente, alors ?

— Très ! » je réponds, et je sens, à nouveau, les dents d'acier du peigne contre mon crâne plus tôt ce matin, la force des mains de ma mère pendant qu'elle tressait mes cheveux avec fermeté, son ventre dans mon dos, gonflé par le prochain bébé. Je pense aux culottes propres qu'elle a rangées dans la valise, à la lettre, à ce qu'elle a dû écrire. Ils avaient échangé quelques mots là-dessus :

« Combien de temps ils sont censés la garder ?

— Ils ne peuvent pas la garder aussi longtemps qu'ils voudront ?

— C’est ce que je vais leur dire ?

— Dis-leur ce qui te plaira. Tu fais toujours comme il te plaît, que je sache. »

Maintenant, la femme remplit de lait un pot émaillé.

« Ta mère doit être très occupée.

— Elle attend qu’ils viennent faire les foins.

— Vous n’avez pas encore fauché vos prés ? dit-elle. Vous êtes en retard, non ? »

Quand les hommes arrivent de la cour, la cuisine s’assombrit provisoirement, puis redevient claire lorsqu’ils s’assoient.

« Bonjour ma chère, dit papa, tirant une chaise.

— Dan, dit-elle, d’une voix différente.

— Quelle canicule.

— Il fait chaud, c’est sûr. » Elle tourne le dos pour surveiller la bouilloire, patiente.

« Une goutte de pluie ne serait pas de trop dans les champs, dit-il.

— La pluie durera bien assez longtemps. » Elle regarde le mur comme si un tableau y était accroché mais il n’y a pas de tableau sur ce mur-là, seulement une grosse pendule en acajou avec deux aiguilles et un gros balancier en cuivre, qui oscille.

« N’empêche, c’était une excellente année pour les foins. Je n’avais jamais vu ça, dit papa.

La grange est pleine à craquer. En les rentrant j'ai failli me fendre le crâne contre les chevrons. »

Je me demande pourquoi mon père ment sur le foin. Il a tendance à mentir sur des choses qui seraient bien si elles étaient vraies. Quelque part, plus loin, quelqu'un a mis une tronçonneuse en marche et elle vrombit là-bas un moment comme une grosse guêpe agressive. J'aimerais être dehors, en train de travailler. Je n'ai pas l'habitude de rester tranquille et je ne sais pas quoi faire de mes mains. Une partie de moi voudrait que mon père me laisse là pendant qu'une autre partie voudrait qu'il me ramène, vers ce que je connais. Je suis dans une situation où je ne peux ni être ce que je suis toujours ni devenir ce que je pourrais être.

La bouilloire crache de la vapeur et ronfle jusqu'à l'ébullition, son couvercle métallique claque. La silhouette d'un chat noir et blanc se déplace sur le rebord de la fenêtre. Par terre, sur le carrelage dur et propre, l'ombre de la femme s'étire, atteint presque ma chaise. Kinsella se lève et sort une pile d'assiettes du placard, ouvre un tiroir et prend des couteaux et des fourchettes, des cuillères à dessert. Il ôte le couvercle d'un bocal de betteraves qu'il pose dans une soucoupe avec une petite fourchette pour le service, laisse sur la table une sauce sandwich et une bouteille de mayonnaise. Mon père observe tous ses gestes avec attention. Il y a déjà un saladier de tomates et d'oignons, finement hachés, une miche de pain frais, un gros morceau de cheddar rouge.

« Et comment va Mary ? demande la femme.

— Mary ? Elle approche de son terme. »

Papa se cale contre le dossier, satisfait.

« J'imagine que le dernier bambin prend des forces ?

— Ouais, ouais, dit papa. C'est les nourrir qui pose problème. Les marmots ont un appétit féroce, et je vous jure que celle-ci n'échappe pas à la règle.

— Oh, l'appétit, la croissance, tout ça vient par périodes, dit la femme, comme s'il était censé le savoir.

— Elle mangera, mais vous pourrez la faire travailler. »

Kinsella lève les yeux. « Hors de question, déclare-t-il. Cette petite aidera Edna dans la maison, rien de plus.

— On se réjouit de la garder, confirme la femme. Elle est la bienvenue ici.

— Elle vous coûtera une fortune en nourriture, dit papa, mais je suppose que dans six mois on ne s'en souviendra même plus. »

Lorsque nous nous attablons, papa tend le bras vers les betteraves. Il n'utilise pas la fourchette prévue mais les prend avec la sienne. Elles tachent le jambon rose, saignent. Le thé est servi. Il y a un silence irrégulier pendant que nous mangeons, que nos couteaux et fourchettes tranchent ce qu'il y a dans nos assiettes. Puis, au bout d'un moment, c'est le découpage de la tarte. La crème coule sur la pâte chaude, forme des flaques.

Maintenant que mon père m'a déposée et qu'il est rassasié, il lui tarde d'allumer sa clope et de s'en aller. C'est toujours pareil : il ne reste jamais longtemps une fois qu'il a mangé, contrairement à ma mère qui discuterait la nuit entière jusqu'au lendemain matin. Du moins, c'est ce que prétend mon père, même si je n'ai jamais vu ça de ma vie. Pour ma mère, le travail est sans fin : nous, la fabrication du beurre, les repas, la vaisselle, nous lever et nous préparer pour la messe et l'école, sevrer les veaux, engager les ouvriers pour labourer et herser les champs, faire durer l'argent et régler le réveil. Mais cette maison-ci est différente. Ici, il y a la possibilité, et le temps de réfléchir. Il y a peut-être même de l'argent à dépenser.

« Il vaudrait mieux que je reparte, dit papa.

— Qu'est-ce qui te presse ? dit Kinsella.

— Le soleil est brûlant, et j'ai encore les patates à traiter.

— Il n'y a aucun risque de mildiou ces jours-ci », dit la femme, qui se lève pourtant et sort par la porte du fond avec un couteau bien aiguisé. J'ai envie de l'accompagner, de débarrasser de leur terre les plantes qu'elle récolte et de les rapporter dans la maison. Un certain silence s'installe entre les hommes durant son absence.

« Donne ça à Mary, dit-elle lorsqu'elle revient. Je croule sous la rhubarbe, que l'année soit bonne ou mauvaise. »

Mon père la lui prend mais il en est aussi encombré qu'il peut l'être du bébé. Une tige tombe par terre, puis une autre. Il attend que la femme les ramasse, les lui tende. Elle attend qu'il le fasse lui-même. Aucun d'eux ne veut bouger. Finalement, c'est Kinsella qui se baisse pour ramasser.

« Voilà », dit-il.

Une fois dans la cour, mon père jette la rhubarbe sur la banquette, se met au volant et démarre.

« Bonne chance, dit-il. J'espère que cette fillette ne vous causera pas d'ennuis. » Ensuite, il se tourne vers moi. « Toi, essaie de ne pas tomber dans le feu. »

Je le regarde reculer, tourner dans le chemin et s'éloigner. J'entends le claquement des roues sur la grille pour le bétail, puis le changement de vitesse et le bruit du moteur qui remonte la route par laquelle on est arrivés. Pourquoi est-il parti sans même me dire au revoir, sans jamais préciser qu'il reviendrait me chercher ? L'étrange brise fétide qui balaie la cour semble plus fraîche maintenant, et de gros nuages blancs se sont accumulés de l'autre côté de la grange.

« Qu'est-ce qui te tourmente, Petite ? » dit la femme.

Je regarde mes pieds, crasseux dans mes sandales.

Kinsella s'approche. « N'aie pas peur, dis-le-nous. On ne se fâchera pas.

— Seigneur Dieu tout-puissant, voilà qu'il a complètement oublié de te laisser tes affaires ! dit la femme. Guère étonnant que tu sois contrariée. Oh, il a la tête comme une passoire, cet homme-là.

— N'en parlons plus, dit Kinsella. On va t'habiller en un clin d'œil.

— Dans six mois on ne s'en souviendra même plus », dit la femme.

Ils rient aux éclats pendant un moment puis s'arrêtent. Lorsque je retourne à l'intérieur derrière la femme, j'ai envie qu'elle dise quelque chose, qu'elle me tranquillise. Au lieu de ça, elle débarrasse la table, prend le couteau aiguisé et, dans la lumière sous la fenêtre, nettoie la lame sous l'eau du robinet. Elle me considère tandis qu'elle l'essuie et le range.

« Alors, Gamine, dit-elle. Je crois qu'il est temps de te donner un bain. »

## 2

Après la cuisine, un escalier moquetté donne directement sur une chambre. Il y a un grand lit avec un jeté en chenille de coton, et deux lampes de chevet. C'est, je le sais, l'endroit où ils dorment, et je suis contente, pour une raison qui m'échappe, qu'ils dorment ensemble. La femme m'emmène jusqu'à une salle de bains, bouche une bonde et ouvre les robinets à fond. La baignoire se remplit et la pièce blanche change de telle façon que nous devenons à moitié aveugles : nous voyons tout et pourtant nous ne distinguons rien. « Lève les bras », dit-elle, et elle me retire ma robe.

Elle vérifie la température et, lui faisant confiance, je trempe ma jambe, mais l'eau est trop chaude.

« Entre, dit-elle.

— C'est trop chaud.

— Tu t'y habitueras. »

Je plonge un pied à travers la vapeur et j'ai la même sensation de brûlure violente. Je maintiens mon pied dans l'eau et, au moment où je crois ne plus pouvoir tenir, je change d'avis, et la chaleur devient supportable. Je ne me suis jamais baignée dans une telle quantité d'eau. Notre mère nous baigne dans le peu qu'elle a, et nous oblige à partager. Au bout d'un moment, je me cale en arrière et, à travers la vapeur, regarde la femme me nettoyer les pieds. La saleté sous mes ongles, elle la chasse avec une pince à épiler. Elle presse une bouteille en plastique, me shampouine les cheveux et rince la mousse. Puis elle me fait mettre debout et me savonne entièrement avec un carré de tissu éponge. Ses mains ressemblent aux mains de ma mère mais il y a autre chose en elles, une chose que je n'ai jamais sentie avant et pour laquelle je n'ai pas de nom. Les mots me manquent terriblement mais c'est un nouvel endroit, et des mots nouveaux sont nécessaires.

« Tes habits, à présent, dit-elle.

— Je n'ai pas d'habits.

— Bien sûr que tu n'en as pas. » Elle se tait un instant. « De vieux vêtements à nous te conviendraient-ils dans l'immédiat ?

— Ça ne me dérange pas.

— Tu es bien mignonne. »

Elle m'emmène dans une autre chambre derrière la leur, de l'autre côté de l'escalier, et fouille une commode.

« Peut-être que ceux-ci t'iront. »

Elle tient un pantalon démodé et une chemise neuve en tissu écossais. Les jambes et les manches sont trop longues mais elle les retrousse, et resserre la taille avec une ceinture en toile, pour qu'ils soient mieux ajustés.

« Voilà, dit-elle.

— Maman dit qu'il faut que je change de culotte tous les jours.

— Et qu'est-ce qu'elle dit encore, ta maman ?

— Elle dit que vous pouvez me garder aussi longtemps que vous voulez. »

À ces paroles, elle rit et me démêle les cheveux avec la brosse, et reste silencieuse. Les fenêtres de cette pièce sont ouvertes et dans leur encadrement je vois une étendue de gazon, un jardin potager, des plantes comestibles qui poussent en rangées, des dahlias rouges hérissés, un corbeau avec quelque chose dans son bec qu'il casse lentement en deux et mange, une moitié puis l'autre.

« Accompagne-moi au puits, dit-elle.

— Maintenant ?

— Maintenant ne te convient pas ? »

Au ton qu'elle prend, je me demande si elle ne propose pas une chose défendue.

« C'est un secret ?

— Quoi ?

— Euh, est-ce que c'est défendu d'en parler ? »

Elle me tourne face à elle. Je ne l'ai pas vraiment regardée dans les yeux jusqu'à présent. Elle a les yeux d'un bleu sombre, tacheté d'autres bleus. Dans cette lumière elle a une moustache.

« Il n'y a pas de secrets dans cette maison, tu entends ? »

Je n'ai pas envie de répondre mais je sens qu'elle veut une réponse.

« Tu m'entends ?

— Ouais.

— On ne dit pas ouais. On dit oui. Alors ?

— Alors oui.

— Oui, quoi ?

— Oui, il n'y a pas de secrets dans cette maison.

— Là où il y a un secret, dit-elle, il y a de la honte, et nous n'avons pas besoin de honte.

— D'accord. » Je respire fort pour ne pas pleurer.

Elle passe son bras autour de moi. « Tu es tout simplement trop jeune pour comprendre. »

Dès qu'elle prononce ces mots, je me rends compte qu'elle est exactement comme les autres, et je voudrais rentrer à la maison pour que toutes les choses que je ne comprends pas redeviennent pareilles que d'habitude.

Au rez-de-chaussée, elle va chercher le seau en zinc dans l'arrière-cuisine et m'emmène à travers champs. Au début je suis mal à l'aise dans les habits que j'étrenne mais progressivement je les oublie. Les champs de Kinsella sont larges et plats, divisés en bandes avec des clôtures électriques qu'elle me dit de ne pas toucher, sauf si je veux recevoir une décharge. Quand le vent souffle, des zones d'herbe haute se courbent, prennent des reflets argentés. Sur une bande de terrain, de grandes vaches frisonnes broutent tout autour de nous, tranquilles. Certaines lèvent la tête à notre passage mais aucune ne s'éloigne. Elles ont des pis gonflés de lait et de longs trayons. Je les entends arracher l'herbe à la racine. La brise, qui frôle le bord du seau, chuchote pendant que nous marchons. Nous ne parlons ni l'une ni l'autre, comme les gens se taisent parfois quand ils sont heureux. Dès que cette pensée me vient, je m'aperçois que le contraire est vrai aussi. Nous escaladons un échalier et suivons un sentier sec creusé dans l'herbe. Le sentier serpente dans un champ allongé que des papillons blancs rapides effleurent, et nous arrivons près d'un portillon métallique où des marches en pierre descendent vers un puits. La femme laisse le seau dans l'herbe et descend avec moi.

« Regarde, dit-elle, cette quantité d'eau. Qui se douterait qu'il n'y a pas eu la moindre averse depuis le premier jour du mois ? »

Je parcours les marches jusqu'à l'eau. Je respire et j'entends le son que fait ma respiration à la surface immobile du puits, alors je respire plus fort un moment pour sentir ces sons revenir vers moi. Dans mon dos, la femme ne semble pas être dérangée par les respirations qui reviennent, comme si c'étaient les siennes.

« Goûte-la, dit-elle.

— Comment ?

— Sers-toi de la louche. » Elle pointe le doigt.

Je vois une grosse louche en acier, une ombre dans son creux poussiéreux. Je tends le bras et la décroche du clou. La femme tient la ceinture de mon pantalon pour m'empêcher de tomber.

« C'est profond, dit-elle. Fais attention. »

Le soleil, à l'oblique maintenant, renvoie une image ondulée de nous-mêmes qui nous regardons. Durant quelques instants, j'ai peur. J'attends jusqu'à ce que je me voie non pas comme j'étais en arrivant, sous les traits d'une enfant gitane, mais comme je suis maintenant, propre, dans d'autres habits, avec la femme derrière moi. Je plonge la louche et la porte à mes lèvres. Je n'ai jamais rien goûté de plus pur et de plus frais que cette eau : cette eau me raconte que mon père s'en va, qu'il n'a jamais été là, que je n'ai rien après son départ. Je replonge la louche et la lève à la hauteur de la lumière. Je bois six louchées d'eau et souhaite, dans l'immédiat, que cette maison sans honte ni secrets puisse être chez moi. Puis la femme me tire sur l'herbe à un endroit où je ne crains rien, et descend seule. J'entends le seau flotter un moment sur le côté avant de s'enfoncer et de se remplir, en produisant un son agréable, un glouglou, avant d'être arraché à l'eau et soulevé.

De retour par le sentier et à travers champs, la tenant par la main, je sens que je lui fais contrepoids. Sans moi, j'en suis convaincue, elle perdrait l'équilibre. Je me demande comment elle y arrive quand je ne suis pas là, et conclus qu'elle doit, d'ordinaire, aller chercher deux seaux. J'essaie de me souvenir d'une autre occasion où j'ai eu cette sensation et je suis triste parce que je n'en trouve aucune et heureuse, à la fois, de ne pas en trouver.

Ce soir-là, je pense qu'elle va me demander de m'agenouiller mais non : elle me borde et me dit que je peux réciter deux ou trois petites prières dans mon lit, si j'ai l'habitude de prier. La lumière du jour brille encore, vive et radieuse. La femme s'apprête à suspendre une couverture à la tringle, pour lui faire écran, lorsqu'elle s'interrompt.

« Tu préférerais que je ne mette rien ?

— Ouais, dis-je. Oui.

— Tu as peur du noir ? »

Je voudrais répondre que j'en ai peur mais j'ai trop peur pour le dire.

« Ne t'inquiète pas, dit-elle. Aucune importance. Tu peux utiliser les w.-c. derrière notre chambre mais il y a aussi un pot, si tu aimes mieux.

Je me débrouillerai, je dis.

— Est-ce que ta maman va bien ?

— Comment ça ?

— Ta maman. Est-ce qu'elle va bien ?

— Elle avait des nausées le matin mais maintenant c'est passé.

— Pourquoi le foin n'est-il pas rentré ?

— Elle n'a pas de quoi payer l'ouvrier. Elle vient juste de le payer pour l'année dernière.

— Dieu lui vienne en aide. » Elle lisse le drap sur moi, le replie. « Tu crois qu'elle serait offensée si je lui envoyais quelques billets ?

— Offensée ?

— Tu crois que ça l'ennuierait ? »

Je réfléchis à la question une minute, réfléchis à la situation de ma mère. « Elle, non, mais papa, ça l'ennuierait.

— Ah oui, dit-elle. Ton père. »

Ensuite elle se penche sur moi et me donne un baiser, un vrai baiser, et me dit bonne nuit. Dès qu'elle s'est éloignée, je me redresse et parcours la chambre des yeux. Des trains de toutes les couleurs foncent sur le papier peint. Ils n'ont pas de rails pour les guider mais par endroits un petit garçon agite la main au loin. Malgré son air heureux, une partie de moi éprouve de la pitié pour chaque image de lui. Je m'étends sur le côté et, même si je sais qu'elle ne veut ni l'un ni l'autre, je me demande si ma mère accouchera d'une fille ou d'un garçon cette fois. Je pense à mes sœurs qui ne doivent pas être encore au lit. Elles doivent avoir jeté leurs pâtés d'argile contre le pignon des cabinets et, quand il pleuvra, l'argile va se ramollir et devenir boueuse. Tout se transforme en autre chose, redevient une version qui a existé avant.

Je reste réveillée le plus longtemps possible, puis je m'oblige à me lever et à utiliser le pot, mais je fais juste quelques gouttes. Je me recouche, la peur au ventre, et je m'endors. À un moment, plus tard dans la nuit (j'ai l'impression que c'est beaucoup plus tard), la femme entre. Je ne bouge plus et respire comme si je dormais toujours. Je sens le matelas s'enfoncer, le poids de la femme sur le lit.

« Dieu te vienne en aide, Petite, dit-elle. Si tu étais à moi, je ne te laisserais jamais dans une maison avec des inconnus. »

# 3

Je me réveille dans ce nouvel endroit avec la vieille sensation d'avoir chaud et froid en même temps. Mrs Kinsella s'aperçoit de quelque chose seulement lorsqu'elle défait le lit, plus tard dans la matinée.

« Seigneur Dieu tout-puissant, dit-elle.

— Quoi ?

— Voudrais-tu regarder ? dit-elle.

— Quoi ? »

J'ai envie de lui dire, sans attendre, d'avouer et d'être renvoyée à la maison, pour que ce soit fini.

« Ces vieux matelas, dit-elle, ils suintent. Ils n'arrêtent pas de suinter. Où avais-je la tête, de t'installer sur celui-ci ? »

Nous le traînons en bas de l'escalier, jusqu'à la cour ensoleillée. Le chien s'approche et le renifle, prêt à lever la patte.

« Toi, va-t'en ! crie-t-elle d'une voix dure.

— Que se passe-t-il ? » Kinsella est rentré des champs.

« C'est le matelas, dit-elle. Ce foutu machin suinte. Je ne l'avais pas dit, qu'il faisait humide dans cette chambre ?

— En toute justice, répond-il, tu l'avais dit. Mais tu n'aurais pas dû le traîner seule dans l'escalier.

— Je n'étais pas seule, dit-elle. J'avais de l'aide. »

Nous le nettoyons avec du détergent et de l'eau chaude et le laissons sécher là au soleil.

« C'est atroce, dit-elle. Un début absolument atroce. Après tout ça, une bonne tranche de bacon va nous requinquer. »

Elle fait chauffer la poêle et frire du bacon et des tomates coupées en deux, avec le côté coupé dessous. Elle aime découper les choses, nettoyer et tenir les choses en ordre, et appeler les choses par leur nom.

« Le bacon, dit-elle, posant les tranches dans la poêle grésillante. Galope dehors et arrache quelques échalotes, tu seras mignonne. »

Je galope au jardin potager, arrache des échalotes et reviens à toutes jambes, comme si la maison brûlait et que je rapportais de l'eau. Je me demande s'il y en a assez, mais la femme rit.

« Eh bien, on ne sera pas à court ! »

Elle me charge du pain, m'allume le gril, me montre qu'il faut retourner les tranches quand un côté est coloré, comme si c'était la première fois que je le faisais, mais ça ne m'ennuie pas vraiment : elle veut me voir réussir, elle veut m'apprendre.

« Nous sommes prêtes ?

— Ouais, dis-je. Oui.

— Tu es très mignonne. Va dehors et crie-lui de venir. »

Je sors et lance l'appel que ma mère m'a appris, là-haut dans les champs. « Hou hooouuu hooouuu ! »

Kinsella entre quelques minutes plus tard, amusé. « Ça, c'était un cri magistral, dit-il. Je crois que tu as les meilleurs poumons du Wexford. » Il se lave les mains et les essuie, s'attable et beurre son pain. Le beurre est mou, il glisse du couteau, s'étale facilement.

« Ils ont annoncé au premier journal qu'un autre gréviste est mort.

— Un autre ?

— Oui. Il a succombé pendant la nuit, le pauvre homme. N'est-ce pas une situation terrible ?

— Que Dieu ait son âme, dit la femme. Personne ne devrait mourir de cette façon.

— N'empêche qu'on mesure mieux son bonheur, dit-il. Un homme s'est laissé mourir de faim et me voici par une belle journée avec deux femmes qui me nourrissent.

— Tu ne le mérites pas ? demande la femme.

— Je ne suis pas sûr de le mériter, dit-il. Mais c'est pourtant ce qui arrive. »

Toute la journée, j'aide la femme dans la maison. Elle me montre le gros appareil blanc qui se branche, un congélateur où ce qu'elle appelle les « denrées périssables » se conservent des mois sans pourrir. Nous remplissons des bacs à glaçons, passons l'aspirateur sur le moindre centimètre carré de plancher, arrachons des pommes de terre nouvelles, préparons une salade de chou et deux miches de pain, puis elle décroche le linge pendant qu'il est encore humide, déplie une planche et se met au repassage. Comme son mari, elle fait tout sans se presser mais ni l'un ni l'autre n'arrête jamais vraiment. Kinsella rentre et prépare du thé pour nous tous et le boit debout, avec une poignée de biscuits Kimberley, puis il ressort.

Plus tard, le voilà de nouveau, à ma recherche.

« La mouflette est ici ? » lance-t-il.

Je me précipite vers la porte.

« Es-tu capable de courir ?

— Quoi ?

— Es-tu rapide à la course ? dit-il.

— Parfois, je réponds.

— Alors, fonce au bout du chemin jusqu'à la boîte et reviens en courant.

— La boîte ? je demande.

— La boîte aux lettres. Tu la verras là-bas. Fais le plus vite possible. »

Je file comme une flèche au bout du chemin et trouve la boîte et prends les lettres et reviens à toute allure. Kinsella regarde sa montre.

« Pas mal, dit-il, pour ton premier essai. »

Il me prend les lettres. J'en compte quatre, je ne vois pas l'écriture de ma mère.

« Crois-tu que l'une d'elles contienne de l'argent ?

— Je ne sais pas.

— Ah, tu le saurais s'il y en avait, c'est sûr. Les femmes flairent l'argent. Crois-tu qu'il y ait des nouvelles ?

— Je n'en sais rien, je dis.

— Crois-tu qu'il y ait un faire-part de mariage ? »

J'ai envie de rire.

« Ce ne serait pas le tien, en tout cas, dit-il. Tu es trop jeune pour le moment. Tu penses que tu te marieras ?

— Je ne sais pas, dis-je. Maman dit que je ne dois pas accepter de cadeau d'un homme. »

Kinsella rit. « Elle pourrait avoir raison là-dessus ! N'empêche, il n'existe pas deux hommes identiques. Et celui qui t'attraperait serait vif, Longues Jambes. On réessaiera demain, pour que tu tâches d'améliorer ton temps.

— Il faudra que je coure plus vite ?

— Oh oui, dit-il. Le jour où tu seras prête à rentrer chez toi, tu galoperas comme un renne. Il n'y aura pas un seul homme dans la paroisse capable de t'attraper sans un filet à long manche et un vélo de course. »

Ce soir-là, après dîner, pendant que Kinsella lit le journal au salon, la femme s'assoit près de la cuisinière et m'explique qu'elle soigne son teint.

« C'est un secret, dit-elle. Peu de gens connaissent le truc. »

Elle sort un paquet de Weetabix du placard et en mange un, pas avec du lait dans un bol mais sec, au creux de sa main. « Regarde-moi, dit-elle. Je n'ai pas le moindre bouton. »

C'est vrai, elle n'en a aucun. Sa peau est impeccable.

« Mais je croyais qu'il n'y avait pas de secrets ici.

— Ah, c'est différent, plutôt une recette secrète. »

Elle m'en donne un, puis un autre, et me regarde les manger. Ils ont un peu le goût que doit avoir une écorce d'arbre sèche mais ça ne me dérange pas vraiment : une partie de moi est contente de lui faire plaisir. J'en mange cinq en tout durant le journal de neuf heures, où ils montrent la mère du gréviste mort, une émeute, puis le *Taoiseach*[1] et puis des étrangers mourant de faim là-bas en Afrique, et ensuite le bulletin météo, qui dit que le soleil va continuer à briller une bonne semaine. La femme me tient assise sur ses genoux pendant tout ce temps et caresse distraitement mes pieds nus.

« Tu as de jolis orteils allongés, dit-elle. De jolis pieds. »

Plus tard, elle me demande de m'étendre sur le lit avant que je m'endorme et nettoie la cire de mes oreilles avec une épingle à cheveux.

« On aurait pu planter un géranium dans la couche qu'il y avait là, dit-elle. Ta maman ne te nettoie pas les oreilles ?

— Elle n'a pas toujours le temps, je réponds, sur mes gardes.

1. Le Premier ministre de la République d'Irlande. (*N.d.T.*)

— Je suppose que non, dit-elle. La pauvre, avec vous tous. »

Ensuite elle prend la brosse et je l'entends chuchoter jusqu'à cent, puis elle s'arrête et me fait une tresse peu serrée. Je m'endors vite ce soir-là et, quand je me réveille, il n'y a pas la vieille sensation.

Au cours de l'après-midi, alors qu'elle tire les draps, Mrs Kinsella me regarde, l'air contente.

« Ton teint s'est déjà amélioré, tu vois ? dit-elle. Tu as juste besoin d'attention. »

# 4

Et ainsi les jours passent. Je continue d'attendre qu'un incident se produise, que ma sensation de bien-être s'envole – de me réveiller dans un lit mouillé, de faire une bourde, une énorme gaffe, de casser quelque chose – mais les journées se succèdent, très semblables. Nous nous réveillons tôt, à l'apparition du soleil, et mangeons des œufs de telle ou telle sorte avec du porridge et du pain grillé pour le petit déjeuner. Kinsella se coiffe de sa casquette et s'en va dans la cour. La femme et moi énumérons à haute voix tout ce dont il faut s'occuper, et nous nous en occupons sans délai : nous coupons de la rhubarbe, préparons des tartes, peignons les plinthes, vidons le placard sèche-linge et aspirons les toiles d'araignée et replaçons les draps et les couvertures propres, préparons des scones, nettoyons la baignoire, balayons l'escalier, cirons les meubles, faisons cuire des oignons pour la sauce que nous mettons dans des boîtes au congélateur, désherbons les parterres et ensuite, quand le soleil baisse, arrosons le jardin. Après c'est le moment de prévoir le dîner, la marche à travers champs jusqu'au puits. Tous les soirs, on allume la télévision pour les informations de neuf heures et, le bulletin météo terminé, il est temps que j'aille me coucher.

Parfois des gens viennent en soirée. Je les entends jouer aux cartes et parler. Ils lancent des jurons et s'accusent de ne pas fournir et de distribuer par en dessous, et des pièces de monnaie tintent dans ce qui sonne comme un plat de fer-blanc, et parfois toutes les pièces sont transvasées dans ce qui semble être une réserve déjà existante. Un soir quelqu'un est venu et a joué des cuillères. Un soir j'avais l'impression d'entendre des braiments, et la femme est montée me chercher, en disant que je ferais aussi bien de venir, parce que personne ne pouvait dormir avec l'Âne Casey dans la maison. Je suis descendue et j'ai mangé des macarons et puis deux hommes ont sonné à la porte en proposant des carnets de tickets pour une tombola dont la recette, ont-ils expliqué, irait à la réfection du toit de l'école.

« Bien sûr, a dit Kinsella.

— On ne savait pas trop...

— Entrez donc, a interrompu Kinsella. Je n'en ai pas moi-même, d'accord, mais je ne souhaite pas pour autant voir la pluie tomber sur ceux des autres. »

Alors ils sont entrés, on a refait du thé, la femme a vidé le cendrier et distribué les cartes et dit qu'elle espérait que la génération actuelle d'écoliers, s'ils avaient le goût des cartes, apprendrait à respecter les règles, parce qu'il était évident que cette génération-ci avait des problèmes, que certains n'avaient pas les idées claires sur la façon de jouer, sauf quelquefois, quand ça les arrangeait.

« Oh, ça tire à boulets rouges !

— Il faut écouter la canonnade.

— Facile de savoir qui sera bientôt à sec.

— J'ai l'avantage maintenant, a-t-elle dit. J'aurai toujours l'avantage quand la partie finira. »

Et sa remarque, pour une raison mystérieuse, a fait braire l'Âne Casey, ce qui m'a fait rire, après quoi ils se sont tous mis à rire, jusqu'au moment où un des hommes a dit : « C'est un concours de gloussements ou on va jouer aux cartes ? », ce qui a fait de nouveau braire l'Âne Casey, et tout a recommencé.

# 5

Un après-midi où nous équeutons des groseilles à maquereau pour la confiture, alors que plus de la moitié du travail est faite, que le sucre est déjà pesé et les pots chauffés, car Mrs Kinsella prépare tout à l'avance, son mari arrive de la cour, se lave et s'essuie les mains et me considère d'une façon telle qu'il ne m'a jamais considérée.

« Je crois qu'il est grand temps de nous occuper de ta garde-robe, Gamine. »

Je porte un pantalon bleu marine et une chemise bleue que la femme a sortis de la commode.

« Qu'est-ce qui ne va pas dans sa tenue ? dit-elle.

— Demain, c'est dimanche, et il lui faut quelque chose de mieux pour la messe, répond-il. Je refuse qu'elle y aille habillée comme la semaine dernière.

— N'est-elle pas propre et nette ?

— Tu sais de quoi je parle, Edna. » Il soupire. « Si tu montais te changer ? Je nous conduis tous à Gorey. »

La femme continue à prendre des groseilles dans la passoire, étirant la main, mais d'un geste un peu plus lent à chaque fois, en direction de la grappe suivante. À un moment, j'ai l'impression qu'elle va s'arrêter mais elle continue jusqu'à ce qu'elle ait fini, puis elle se lève et pose la passoire sur l'évier, laisse échapper un son que je n'ai jamais entendu de la bouche de personne, et monte lentement à l'étage.

Kinsella me regarde et sourit avec dureté puis dirige son regard vers le rebord de la fenêtre, où un moineau s'est perché et replie ses ailes. Le petit oiseau semble inquiet – comme s'il sentait le chat, qui s'assoit parfois ici. Les yeux de Kinsella ne sont pas complètement tranquilles dans son visage. On dirait qu'un gros problème lui envahit peu à peu l'esprit. Il pousse le pied d'une chaise avec sa chaussure et regarde de mon côté.

« Tu devrais te laver les mains et la figure avant d'aller en ville, dit-il. Ton père ne s'est-il même pas soucié de t'apprendre au moins ça ? »

Je me fige sur la chaise, attendant qu'un incident beaucoup plus grave se produise, mais Kinsella ne fait rien de plus : il reste juste là, immobile, enfermé dans les remous de ses propres paroles. Dès qu'il se détourne, je me précipite vers l'escalier mais, quand j'arrive à la salle de bains, la porte ne veut pas s'ouvrir.

« Tout va bien, dit au bout d'un moment la femme à l'intérieur, et peu après, elle sort. Désolée de t'avoir fait attendre. » Elle a pleuré mais elle n'a pas honte. « Tu seras fière d'avoir des vêtements à toi, dit-elle en s'essuyant les yeux. Et Gorey est une jolie ville. Je me demande pourquoi je n'ai pas pensé à t'y emmener plus tôt. »

La ville est un endroit plein de monde avec une large rue principale. Devant les magasins, des tas d'objets variés sont accrochés au soleil. Il y a des filets en plastique remplis de ballons de plage, de jouets gonflables. Un dauphin transparent a l'air de frissonner dans la brise froide. Il y a des pelles en plastique et des seaux assortis, des moules pour les châteaux de sable, des messieurs qui creusent dans des pots de crème glacée avec des petites cuillères en plastique, des plantes vertes velues sous les doigts, un homme dans une camionnette qui vend des poissons morts.

Kinsella cherche dans sa poche et me tend quelque chose. « Tu te paieras un esquimau avec ça. »

J'ouvre la main et contemple le billet d'une livre.

« Elle aurait de quoi en acheter une demi-douzaine ! dit la femme.

— Oh, n'est-elle pas là pour qu'on la gâte ? dit Kinsella.

— Qu'est-ce qu'on dit ? demande la femme.

— Merci, dis-je. Merci bien.

— Bon, ne le croque pas d'un coup et ne le gaspille pas », rit Kinsella.

La femme m'emmène chez le marchand de tissus, où elle achète un paquet d'aiguilles à repriser à un comptoir et quatre mètres de toile cirée au motif de poires jaunes. Ensuite nous montons à l'étage des vêtements. Elle choisit des robes en coton et des slips et des pantalons et quelques hauts et nous passons derrière un rideau pour que je puisse les essayer.

« N'est-elle pas grande ? dit la vendeuse.

— Nous sommes tous grands, répond la femme.

— Elle est le portrait craché de sa maman. Je le vois à présent », dit la vendeuse, puis elle dit que la robe lilas est la mieux ajustée et la plus seyante, et la femme partage son avis. Elle m'achète un chemisier imprimé à manches courtes, aussi, qui rappelle beaucoup celui qu'elle portait le jour de mon arrivée, un pantalon bleu foncé, une paire de chaussures en cuir noir avec une petite lanière et une boucle sur le devant, des culottes et des socquettes blanches. La fille lui tend le ticket de caisse, et elle sort son porte-monnaie et paie le tout.

« Qu'ils te portent chance, dit la vendeuse. Ta maman n'est-elle pas généreuse avec toi ? »

Dans la rue, le soleil brille fort à nouveau, aveuglant. Une partie de moi voudrait qu'il s'en aille, qu'il se cache pour que je voie correctement. Nous rencontrons des gens que la femme connaît. Certains d'entre eux me dévisagent et demandent qui je suis. L'une a un nouveau bébé dans une poussette. Mrs Kinsella se penche et roucoule, et il bavote et se met à pleurer.

« Il est un peu sauvage, dit sa mère. Ne faites pas attention. »

Nous rencontrons une autre femme aux yeux comme des pics ; elle demande de qui je suis la petite, de quelle famille je suis. Lorsqu'elle entend la réponse, elle dit : « Ah, elle doit vous tenir compagnie quand même, Dieu vous aide. »

Mrs Kinsella se raidit. « Il faut que vous m'excusiez, dit-elle, mais mon homme m'attend et vous savez comment sont les hommes.

— De foutus taureaux, voilà comment ils sont, dit la femme. Sans la moindre patience. »

Une fois que nous avons tourné au coin de la rue, Mrs Kinsella déclare : « Dieu me pardonne mais si je revois cette femme un jour, ce ne sera que trop tôt. »

Nous allons chez le boucher pour des tranches de bacon, des saucisses et un boudin noir en fer à cheval, chez le pharmacien où elle demande une poudre Estomac chic, puis jusqu'à un petit magasin qu'elle appelle la Boutique du cadeau où on trouve des cartes et du papier à lettres et des jolis bijoux sur un présentoir aux tablettes pivotantes.

« Ta maman fêtera son anniversaire sous peu, je crois ?

— Oui, je dis, sans être sûre.

— On va lui acheter une carte, alors. »

Elle me dit de choisir, et je me décide pour un chat à la mine effrayée assis devant un parterre de dahlias jaunes.

« La rentrée des classes ne va pas tarder maintenant, dit la femme derrière le comptoir. N'est-ce pas un grand soulagement de ne plus les avoir sur le dos ?

— Celle-là ne me donne aucun mal », dit Mrs Kinsella, et elle paie la carte ainsi que des feuilles de papier à lettres et un paquet d'enveloppes. « Je n'aurai que mes yeux pour pleurer quand elle sera partie.

— Hum ! » marmonne la femme.

Avant de retourner à la voiture, Mrs Kinsella me laisse entrer seule dans une confiserie. Je fais mon choix sans me presser, tends le billet d'une livre et prends la monnaie.

« Tu ne l'as pas gaspillé », dit-elle lorsque je ressors.

Kinsella est garé à l'ombre, les vitres ouvertes, en train de lire le journal.

« Alors ? dit-il. Vous avez trouvé ?

— Oui, répond-elle.

— Formidable », dit-il.

Je leur donne à lui l'esquimau, à elle la barre de chocolat et m'allonge sur la banquette en mangeant les boules de gomme, attentive à ne pas m'étouffer quand nous roulons sur des bosses. J'écoute la monnaie tinter dans ma poche, le vent s'engouffrer dans la voiture et leur conversation, des bribes de nouvelles qu'ils échangent à l'avant.

Lorsque nous tournons dans la cour, une autre voiture est garée devant notre porte. Sur le perron, une femme fait les cent pas, les bras croisés.

« Ce n'est pas la fille de Harry Redmond ?

— Voilà qui n'annonce rien de bon, dit Kinsella.

— Oh, John, dit-elle en se précipitant. Je suis désolée de vous déranger mais notre Michael a poussé le dernier soupir et il n'y a personne à la maison. Ils sont tous sur les moissonneuses-batteuses et ils ne rentreront pas avant je ne sais quelle heure et je n'ai aucun moyen de les avertir. On est dans le pétrin. Vous n'auriez pas la gentillesse de venir nous aider à creuser la tombe ? »

« Je doute que ce soit un endroit pour toi mais je ne peux pas te laisser ici, dit la femme, plus tard le même jour. Alors prépare-toi et nous partirons, au nom du ciel. »

Je monte à l'étage et mets la robe neuve, les socquettes et les chaussures.

« Te voilà bien jolie, dit-elle quand je redescends. John se montre parfois sévère mais il n'a presque jamais tort. »

Alors que nous marchons sur la route, il y a dans l'air le goût d'une chose plus sombre, d'une chose qui pourrait arriver et s'abattre et changer la situation. Nous longeons des maisons aux portes et aux fenêtres grandes ouvertes, d'immenses cordes à linge qui claquent, les entrées gravillonnées d'autres chemins. Dans le virage, un poney bai se tient appuyé contre une clôture, mais quand j'essaie de lui caresser le museau, il hennit et se sauve au petit galop. Devant une chaumière, un chien noir au dos tout bouclé surgit et nous lance des aboiements furieux à travers les barreaux d'un portail. Au premier carrefour, nous croisons une génisse qui s'affole et finit par nous dépasser à toute allure, perdue. Pendant le trajet entier, le vent se déchaîne puis se calme puis se déchaîne à nouveau dans les hautes haies en fleurs, les grands arbres. Dans les champs, les moissonneuses-batteuses sont en train de couper le blé, l'orge et l'avoine, gardant le grain, laissant derrière elles de longues rangées de paille. Nous rencontrons des hommes sur des tracteurs qui roulent dans différentes directions, qui tirent des ramasseuses-presses vers les champs et des remorques pleines de grain du côté de la coopérative. Des oiseaux se précipitent, effrontés, pour manger les graines tombées au milieu de la route. Plus loin, nous rencontrons deux hommes torse nu, leurs yeux très blancs dans leurs visages très poussiéreux et bronzés.

La femme s'arrête pour les saluer et leur dit où nous allons.

« Que Dieu ait son âme. N'a-t-il pas vite décliné sur la fin ? dit l'un.

— Oui, dit l'autre. Mais n'avait-il pas fêté ses septante ? Lequel de nous peut espérer mieux ? »

Nous reprenons notre marche, nous tenons près des haies, des fossés, livrons le passage aux véhicules.

« Es-tu déjà allée à une veillée funèbre ? demande la femme.

— Je ne crois pas.

— Bon, il vaut mieux que je t'explique : il y aura un mort dans un cercueil et beaucoup de gens, et certains d'eux auront peut-être un peu abusé.

— Abusé de quoi ?

— De la boisson », répond-elle.

Lorsque nous atteignons la maison, plusieurs hommes fument, appuyés contre un mur bas. Il y a un ruban noir sur la porte et presque aucune lumière ne se répand de l'intérieur mais, quand nous entrons, la cuisine est claire et pleine de gens qui discutent. La femme qui a demandé à Kinsella de creuser la tombe est ici, elle prépare des sandwiches. Il y a de grandes bouteilles de limonade rouge et blanche, de la bière brune et, au milieu de tout ça, un grand coffre en bois avec un vieil homme mort couché dedans. Il a les mains jointes comme s'il était mort pendant la prière, un chapelet entre ses doigts. Certains hommes sont assis autour du cercueil ; la partie fermée leur sert de comptoir où poser leurs verres. Parmi eux se trouve Kinsella.

« La voilà, dit-il. Longues Jambes. Viens par ici. »

Il m'installe sur ses genoux, et me donne une petite gorgée de ce qu'il boit.

« Le goût te plaît ?

— Non. »

Il rit. « Tu es bien mignonne ! N'y prends pas goût. Si tu commences, tu risques de ne jamais arrêter et alors tu finiras comme nous. »

Il me verse de la limonade rouge dans une tasse. Assise sur ses genoux je la bois et mange les petits gâteaux aux raisins que contient la boîte à biscuits et regarde l'homme mort, en espérant que ses yeux vont s'ouvrir.

Les gens circulent, entrent et sortent à pas lents, se serrent la main, boivent et mangent et regardent le mort, disent qu'il fait un très beau cadavre, et s'il n'a pas l'air heureux maintenant qu'il s'est éteint, et qui donc s'est occupé de la dernière toilette ? Ils parlent de la météo et du taux d'humidité du grain, des quotas laitiers et des prochaines élections générales. J'ai la sensation de devenir lourde sur les genoux de Kinsella.

« Est-ce que je deviens lourde ?

— Lourde ? dit-il. Tu es une vraie plume, Petite. Reste où tu es. »

Je cale ma tête contre lui mais je trouve le temps long et regrette qu'il n'y ait rien à faire, pas d'autres enfants avec qui jouer.

J'entends la femme dire :

« La fillette s'agite.

— Qu'est-ce qui la chagrine ? demande une autre.

— Ah, sincèrement, ce n'est pas un endroit pour cette petite, dit-elle. Mais ne pas venir m'aurait contrariée et je n'ai pas voulu la laisser.

— Eh bien je vais la ramener avec moi, Edna. Je pars dans une minute. Si tu veux passer la récupérer au retour ?

— Oh, dit-elle. Je n'en sais trop rien.

— Les miens lui tiendront compagnie. Ils pourront jouer tant qu'ils voudront à l'arrière de la maison, hein ? Et puis cet homme-là ne bougera pas tant qu'il l'aura sur les genoux. »

Mrs Kinsella rit. Je ne l'ai jamais entendue rire de cette manière.

« Alors dans ce cas, si ça ne t'ennuie pas, d'accord, Mildred, dit-elle. Quel mal y aurait-il ? Et tu sais que nous ne tarderons guère après ton départ.

— Ce n'est pas un problème », dit la femme.

Une fois que nous sommes sur la route, et que nous avons dit au revoir, Mildred file à un rythme que je peux tout juste suivre, et dès qu'elle atteint le virage, les questions commencent. Elle est dévorée de curiosité ; j'ai à peine répondu à une question qu'elle me lance la suivante : « Dans quelle chambre ils t'ont installée ? Kinsella t'a donné de l'argent ? Combien ? Est-ce qu'elle boit le soir ? Et lui ? Ils jouent beaucoup aux cartes là-haut ? Avec qui ? Les billets de tombola, c'était pour quoi ? Tu dis ton chapelet ? Elle met du beurre ou de la margarine dans la pâte ? Le vieux chien, où est-ce qu'il dort ? Le congélateur est très rempli ? Elle économise ou elle a le droit de dépenser ? Les habits du petit sont encore accrochés dans la penderie? »

Je réponds à toutes sans difficulté, sauf à la dernière.

« Les habits du petit ?

— Eh oui, dit-elle. Nul doute que tu dois le savoir si tu dors dans sa chambre. Tu n'as pas regardé ?

— Euh, elle avait des habits que j'ai portés jusqu'à présent mais ce matin on est allés à Gorey et on a acheté plein de vêtements neufs.

— Cet accoutrement que tu as là ? Dieu tout-puissant, dit-elle. On croirait que tu vas fêter tes cent ans.

— J'aime bien ma robe. Elles m'ont dit qu'elle était seyante.

— Seyante ? Ah bon. Bon, dit-elle. Oui, je suppose, après avoir vécu tout ce temps dans les habits du mort.

— Quoi ?

— Le fiston des Kinsella, nigaude. Tu n'étais pas au courant ? »

Je ne sais pas quoi dire.

« Tu es longue à la comprenette, toi ! Dame, est-ce qu'il n'a pas suivi leur vieux corniaud jusqu'à la fosse à purin et péri noyé ? Voilà ce qui est arrivé selon eux, en tout cas », dit-elle.

Je continue à marcher et j'essaie de ne pas penser à ce qu'elle vient de dire même si je ne pense quasiment à rien d'autre. Le moment pour le soleil de descendre vers l'horizon approche mais la journée ne donne pas l'impression de se terminer. Je regarde le ciel et vois le soleil, encore haut, et les nuages, et, au loin, une lune ronde qui apparaît.

« À ce qu'on dit, John a pris le fusil et emmené le chien en bas du champ mais il n'a pas eu le cœur de le tuer, bonasse qu'il est. »

Nous marchons entre les haies hérissées, dans lesquelles de petites bêtes semblent bruire et remuer. De la camomille pousse le long de ces fossés, de la sauge des bois et de la menthe, des plantes dont ma mère a miraculeusement trouvé le temps de m'apprendre le nom. Plus loin, la même génisse est toujours perdue, sur une autre portion de la route.

« Et tu sais, ils ont blanchi tous les deux en une nuit.

— Blanchi ?

— Leurs cheveux, évidemment !

— Mais Mrs Kinsella a les cheveux noirs.

— Noirs ? Oh oui, grâce au pot de teinture ! » Elle rit.

Je m'étonne qu'elle rie de cette manière. Je m'étonne des habits et de les avoir portés, et du garçon sur le papier peint et de n'avoir jamais fait le rapprochement. Nous arrivons bientôt à l'endroit où le chien noir aboie à travers les barreaux du portail.

« Toi, boucle-la et rentre », lui dit-elle.

C'est dans une chaumière qu'elle habite avec des plaques de béton inégales devant la porte, des arbustes mal entretenus, et de grands tisons de Satan qui sortent de terre. Ici je dois faire attention à ma tête, à la marche. L'intérieur de la maison est en désordre et une femme plus âgée fume près de la cuisinière. Il y a un bébé dans une chaise haute. Il pousse un cri quand il voit la femme et lâche par-dessus le rebord les pois verts qu'il avait dans la main.

« Regarde-toi, dit-elle. Dans quel état tu es. »

Je ne sais pas bien si elle s'adresse à l'autre femme ou au bébé. Elle enlève son cardigan et s'assoit et se met à parler de la veillée funèbre : qui était là, le genre de sandwiches qu'il y avait, les petits gâteaux aux raisins, le cadavre qui gisait là tout tordu dans le cercueil et qui n'avait même pas été rasé correctement, le chapelet en plastique qu'ils lui avaient mis, le pauvre bougre.

J'hésite à m'asseoir ou à rester debout, à écouter ou à m'éloigner mais au moment précis où je me décide, le chien aboie, le portail s'ouvre et Kinsella entre, courbé sous le chambranle.

« Bonsoir tout le monde, dit-il.

— Ah, John, dit la femme. Vous n'avez pas tardé. On arrive à l'instant. Hein, Petite, qu'on arrive à l'instant ?

— Oui. »

Kinsella ne me lâche pas des yeux. « Merci, Mildred. C'était gentil à toi de la ramener.

— Oh, du tout, dit la femme. On ne l'entend guère, celle-là.

— Elle dit ce qu'elle a à dire, rien de plus. Puisse-t-il y en avoir beaucoup comme elle, ajoute-t-il. Es-tu prête à rentrer, Pétale ? »

Je me lève et il dit encore quelques mots, pour arranger les choses, comme le font les gens. Je le suis jusqu'à la voiture où la femme attend.

« Ça s'est bien passé dans cette maison ? » dit-elle.

Je réponds que oui.

« Est-ce qu'elle t'a posé des questions ?

— Une ou deux, pas grand-chose.

— Qu'est-ce qu'elle t'a demandé ?

— Elle m'a demandé si tu mettais du beurre ou de la margarine dans la pâte.

— Quoi d'autre ?

— Elle m'a demandé si le congélateur était très rempli.

— Nous y voilà, dit Kinsella

— Est-ce qu'elle t'a raconté quelque chose ? » demande la femme.

Je ne sais pas quoi dire.

« Qu'est-ce qu'elle t'a raconté ?

— Elle m'a raconté que vous aviez un petit garçon qui a suivi le chien jusqu'à la fosse à purin et qui est mort, et que je portais ses habits à la messe dimanche dernier. »

Quand nous arrivons à la maison, le chien se lève et s'approche de la voiture pour nous accueillir. Alors seulement je me rends compte que je ne les ai entendus ni l'un ni l'autre l'appeler par son nom. Kinsella soupire et va traire les vaches. Lorsqu'il rentre, il dit qu'il n'est pas prêt à aller se coucher et que personne ne viendra ce soir, de toute façon, à cause de la veillée funèbre – non pas, précise-t-il, qu'il souhaite de la visite. La femme monte à l'étage, se change et redescend en chemise de nuit. Kinsella m'a enlevé mes chaussures et mis ce qui, je le sais maintenant, est la veste du garçon.

« Qu'est-ce que tu fabriques ? » dit-elle.

Puis : « À quoi ça ressemble ? Et elle va se rompre le cou, chaussée de cette manière. »

Il sort, un peu trébuchant, revient bientôt avec une feuille de papier de verre et frotte les semelles de mes chaussures neuves pour que je ne glisse pas.

« En route, dit-il. On va les assouplir.

— Ne les a-t-elle pas déjà assouplies ? Où l'emmènes-tu ?

— Seulement jusqu'au rivage, dit-il.

— Tu feras attention avec cette petite, John Kinsella, dit-elle. Et ne pars pas sans la lampe.

— Quel besoin y a-t-il d'une lampe par une telle nuit ? » dit-il, mais il l'accepte malgré tout, comme la femme la lui tend.

Une grosse lune illumine la cour et sa blancheur nous accompagne sur le chemin puis sur la route. Kinsella prend ma main dans la sienne. Dès qu'il la prend, je me rends compte que mon père ne m'a absolument jamais tenu la main, et une partie de moi voudrait que Kinsella me lâche pour que je n'aie pas à éprouver cette sensation. C'est une sensation pénible mais progressivement je m'apaise et ne me préoccupe plus de la différence entre ma vie à la maison et la vie que j'ai ici. Kinsella fait de petits pas pour que nous avancions ensemble. Je pense à la femme de la chaumière, à sa façon de marcher et de parler, et j'en conclus qu'il existe des différences énormes entre les gens.

Lorsque nous atteignons le carrefour nous tournons à droite, sur une route qui descend en pente raide. Le vent est fort et rauque dans les arbres, il s'agite parmi les branches sèches, dont les feuilles se soulèvent et se balancent. C'est très agréable de sentir la route découverte dévaler au-dessous de nous, sachant qu'on va, au bout, trouver la mer. La route continue et le ciel, le paysage entiers semblent s'éclaircir. Kinsella dit quelques petites choses insignifiantes puis s'enveloppe dans le silence qui est habituel chez lui, et le temps passe sans donner l'impression de passer, et nous voilà dans un espace dégagé, sableux, où les gens doivent garer leurs voitures. Il y a des traces de pneus et des nids-de-poule partout, une poubelle qui semble ne pas avoir été vidée depuis longtemps.

« On est presque arrivés, Pétale. »

Il me guide vers le sommet d'une colline pentue sur laquelle, de chaque côté, de grands joncs se courbent et tremblent. Mes pieds s'enfoncent dans le sable épais, et la montée me coupe le souffle. Puis nous voilà sur une crête sombre où la terre finit et un long rivage apparaît et l'eau qui, je le sais, est profonde et s'étend jusqu'à l'Angleterre. Loin au large, dans l'obscurité, deux lumières vives clignotent.

Kinsella libère ma main et je dégringole le versant opposé de la dune en direction de la mer noire qui déferle, sifflante. Je cours vers les vagues écumeuses pendant qu'elles reculent et me sauve en hurlant dès qu'une nouvelle se fracasse. Lorsque Kinsella me rejoint, nous quittons nos chaussures. Par endroits nous marchons de front, à la limite de la mer qui griffe le sable sous nos pieds nus. Par endroits Kinsella me laisse galoper. À un moment nous entrons dans l'eau et lorsqu'elle lui arrive aux genoux il m'installe sur ses épaules.

« N'aie pas peur ! dit-il.

— Quoi ?

— N'aie pas peur ! »

Le rivage est complètement lisse, sans aucune trace de pas. Au-delà d'une ligne sinueuse dans le sable, proche des dunes, des objets ont échoué : des bouteilles en plastique, des branches, le manche d'un balai qui a perdu sa brosse et, plus loin, une porte d'écurie, au verrou cassé.

« Le cheval de quelqu'un s'est sauvé », dit Kinsella. Il marche ensuite durant un moment. C'est plus calme ici, à l'abri du bruit de la mer. « Tu sais, les pêcheurs trouvent parfois des chevaux en mer. Un homme que je connais a remorqué un poulain un jour et l'animal est resté couché des heures avant de se relever. Il était indemne. C'était juste la fatigue d'avoir été au large si longtemps.

Des choses étranges se produisent, dit-il. Une chose étrange s'est produite pour toi ce soir mais Edna ne pensait pas à mal. Au contraire, elle est d'une bonté excessive. Elle veut trouver la bonté chez les autres, et parfois sa manière de la trouver est de leur faire confiance, en espérant qu'elle ne sera pas déçue, mais il arrive qu'elle le soit. »

Il rit alors, d'un rire curieux, triste. Je ne sais pas quoi dire.

« Tu n'es pas toujours obligée de dire quelque chose, reprend-il. Pense que la parole n'est une nécessité en aucune circonstance. Nombre de gens ont beaucoup perdu pour la seule raison qu'ils ont manqué une belle occasion de se taire. »

Tout, ce soir, semble étrange : marcher jusqu'à une mer qui est là depuis que le monde est monde, la voir et la sentir et la craindre dans la pénombre, écouter cet homme parler des chevaux en mer, parler de sa femme qui fait confiance aux autres pour apprendre à qui ne pas faire confiance, des paroles qui m'échappent en partie, des paroles qui ne me sont peut-être même pas destinées.

Nous atteignons finalement un endroit où les falaises et les rochers s'avancent dans l'eau. Ici on ne peut pas aller plus loin, il faut donc rebrousser chemin. Peut-être que le retour donnera un sens à la promenade. Çà et là, des coquillages blancs et plats brillent, rejetés sur le sable. Je me baisse pour les ramasser. Je les sens lisses, propres et fragiles entre mes doigts. Nous tournons le long de la plage et continuons notre marche, avec l'impression de parcourir une distance plus grande que tout à l'heure avant de nous trouver bloqués, puis la lune se cache derrière un nuage sombre et nous ne voyons plus où nous allons. À ce moment, Kinsella pousse un soupir, s'arrête et allume la lampe.

« Ah, les femmes ont presque toujours raison quand même, dit-il. Sais-tu pour quoi les femmes ont un don ?

— Quoi ?

— Les éventualités. Une vraie femme regarde loin dans l'avenir et devine ce qui arrive avant qu'un homme flaire quoi que ce soit. »

Il braque la lumière sur le rivage afin de retrouver nos empreintes, de les suivre, mais les seules qu'il découvre sont les miennes.

« Tu as dû me porter à cet endroit », dit-il.

Je ris à l'idée que je le porterais, à l'impossibilité de la chose, puis je m'aperçois que c'était une plaisanterie, et que je l'ai comprise.

Lorsque la lune réapparaît, il éteint la lampe et, dans la clarté, nous retrouvons et suivons sans peine notre chemin parmi les dunes. Une fois au sommet, il ne me laisse pas remettre mes chaussures mais le fait à ma place. Puis il remet les siennes et noue les lacets. Nous nous relevons et, immobiles, contemplons l'eau.

« Regarde, il y a trois lumières maintenant à l'endroit où il n'y en avait que deux. »

Je porte mes yeux vers le large. Les deux lumières y clignotent comme avant, mais une autre, constante, brille entre elles.

« Tu la vois ? demande-t-il.

— Oui, dis-je. Elle est là. »

Et c'est alors qu'il me prend dans ses bras et me serre comme si j'étais à lui.

# 6

Après une semaine de pluie, un jeudi, la lettre arrive. C'est moins une surprise qu'un choc. J'ai déjà remarqué les signes : le shampooing anti-poux dans la vitrine de la pharmacie, les peignes à dents fines. Dans la Boutique du cadeau il y a des piles de cahiers et des stylos-bille de différentes couleurs, des règles, des instruments pour le dessin. Dans la quincaillerie, les boîtes à sandwiches, les cartables et les crosses de *hurling* sont placés devant, là où les femmes les voient bien.

Nous rentrons à la maison et mangeons de la soupe, trempant notre pain, le coupant, buvant avec de petits bruits, maintenant que nous nous connaissons. Ensuite, j'accompagne Kinsella dans le fenil, où il me fait promettre de ne pas regarder pendant qu'il soude. Je l'accompagne partout aujourd'hui, je m'en rends compte, mais je ne peux pas m'en empêcher. Le facteur a dû passer mais Kinsella ne me suggère pas d'aller chercher le courrier avant le soir, avant d'avoir trait les vaches, balayé et récuré la salle de traite.

« Je crois qu'il est l'heure », dit-il, lavant ses bottes au jet.

Je me mets en position, le pied appuyé contre la marche du perron. Kinsella regarde sa montre et tranche l'air de la main. Je pars, dévale la cour, le chemin, tourne sec, ouvre la boîte, empoigne les lettres et reviens au galop, avec la sensation que mon temps n'est pas aussi bon qu'hier.

« Dix-neuf secondes de moins que ton tout premier essai, dit Kinsella. Et deux secondes de mieux qu'hier, malgré le sol lourd. Tu files comme le vent ! »

Il prend les lettres et les examine mais aujourd'hui, au lieu de plaisanter sur leur contenu, il se tait.

« Est-ce que maman a écrit ?

— Tu sais, dit-il, ça se pourrait.

— Je dois retourner à la maison ?

— Écoute, la lettre est adressée à Edna, alors autant la lui donner et la laisser lire. »

Nous entrons dans le salon où elle est assise, les jambes allongées, et feuillette un livre avec des modèles de tricot. Un feu de charbon brûle dans l'âtre, et de petites volutes de fumée noire retombent dans la pièce.

« Cette cheminée, on ne l'a jamais fait nettoyer, John. Je suis certaine qu'il y a un nid de corbeaux dedans. »

Kinsella lui glisse la lettre sur les genoux, par-dessus ce qu'elle est en train de lire. Elle se redresse, ouvre l'enveloppe et lit. C'est une feuille étroite écrite des deux côtés. Elle la pose rien qu'un instant puis la relit.

« Bon, dit-elle, tu as un nouveau petit frère. Quatre kilos cent quarante.

— Fantastique, je dis.

— En voilà un accueil, dit Kinsella.

— Quoi ? je dis.

— Et l'école reprend lundi, ajoute-t-elle. Ta mère nous demande de te ramener ce week-end pour qu'elle puisse prévoir ta tenue et le reste.

— Je dois m'en aller, alors ?

— Oui, dit-elle. Mais enfin, tu le savais bien... »

Je hoche la tête et regarde la lettre.

« Tu ne pourrais pas t'éterniser chez deux vieilles imitations comme nous. »

Je me tiens là et observe le feu, en m'efforçant de ne pas pleurer. Il y a longtemps que je n'ai pas fait ça et, en le faisant, je me souviens que c'est vraiment le pire qu'on puisse faire. Je sens plus que j'entends Kinsella quitter la pièce.

« Ne te tracasse pas, dit la femme. Viens par ici. »

Elle me montre des pages avec des pulls tricotés et me demande quel modèle je préfère, mais tous les modèles semblent se brouiller et j'en indique juste un, un bleu, qui ne me paraît pas trop compliqué.

« Oh, il a fallu que tu choisisses le plus difficile du livre, dit-elle. Il vaudrait mieux que je le commence cette semaine, sinon tu seras trop grande le jour où je l'aurai terminé. »

# 7

Maintenant que je sais que je dois retourner à la maison, j'ai presque envie de partir, d'en finir. Je me réveille plus tôt que d'habitude et regarde les champs mouillés, les arbres ruisselants, les collines, qui paraissent plus vertes qu'à mon arrivée. Je repense à ce moment et il me semble très lointain, une époque où je faisais pipi au lit et craignais de casser des objets. Kinsella passe toute la journée à bricoler mais sans rien vraiment terminer. Il dit qu'il n'a pas de disques pour sa meuleuse d'angle, pas de baguettes de soudure, et qu'il ne trouve pas l'étau. Il dit qu'il a été très actif pendant la longue période de beau temps alors il n'a plus grand-chose à faire.

Dehors, nous regardons les veaux à la tétée. Avec de l'eau tiède, Kinsella leur a préparé le lait de remplacement qu'ils absorbent par de longues tétines en caoutchouc jusqu'à ce que le flot tarisse. C'est un système bizarre, de retirer les veaux aux vaches et de leur donner du lait de remplacement pour pouvoir traire leurs mères et vendre le lait, mais ils ont l'air contents.

« Est-ce que je pourrais m'en aller ce soir ?

— Ce soir ? » dit Kinsella.

Je fais oui de la tête.

« N'importe quel soir me convient, dit-il. Je te ramènerai quand tu voudras, Pétale. »

Je regarde le ciel. Il a sa couleur ordinaire, gris terne au-dessus de la cour, et le chien trempé monte la garde devant la porte d'entrée.

« Bon, je ferais mieux de traire tôt, dans ce cas, dit-il. Bien », et il s'éloigne dans la cour en me laissant derrière lui comme si je n'étais déjà plus là.

La femme me donne un sac en cuir marron. « Tu peux garder cette vieillerie, dit-elle. Je ne m'en sers jamais. »

Nous plions mes vêtements et les rangeons à l'intérieur, avec les livres que nous avons achetés chez Webb à Gorey : *Heidi*, *What Katy Did Next*, *La Reine des neiges*. Au début, je n'arrivais pas à déchiffrer certains mots compliqués mais Kinsella plaçait son doigt sous chacun d'eux, patiemment, jusqu'à ce que je les devine, puis je l'ai fait toute seule jusqu'au jour où je n'ai plus eu besoin de deviner, et où j'ai continué ma lecture. C'était comme apprendre à faire du vélo : j'ai senti le mouvement, la liberté d'aller à des endroits où je n'aurais pas pu aller avant, et c'était facile.

Mrs Kinsella me donne un savon jaune et mon carré de tissu éponge, la brosse à cheveux. Pendant que nous réunissons toutes ces affaires, je repense aux journées passées, aux endroits d'où viennent ces objets, à des phrases qui ont été prononcées, et au soleil qui, la plupart du temps, brillait.

À cet instant, une voiture s'arrête dans la cour. C'est un voisin que je me rappelle avoir vu le soir des cartes.

« Edna, dit-il, affolé. John est par ici ?

— Il trait les vaches, dit-elle. Il doit avoir quasiment fini. »

Il dévale la cour, alourdi par ses bottes en caoutchouc, et une minute après, Kinsella pointe sa tête dans l'encadrement de la porte.

« Joe Fortune a besoin d'un coup de main pour un vêlage, dit-il. Ça ne t'ennuierait pas trop de terminer le nettoyage de la salle ? J'ai reconduit le troupeau.

— Aucun problème, je m'en occupe, dit-elle.

— Je reviendrai aussi vite que possible.

— Oh oui, je sais bien. »

Elle enfile son anorak et se dirige vers la salle de traite. Je reste là, nerveuse, et me demande si je devrais aller l'aider mais conclus que je ne réussirais qu'à la gêner. Je m'assois donc dans le fauteuil et regarde du côté de l'arrière-cuisine une lumière faible qui tremble et se reflète sur le seau en zinc. Et si je descendais au puits le remplir ? Elle aurait de l'eau du puits pour son thé ce soir quand elle rentrerait. Ce serait la dernière chose que je ferais.

Je mets la veste du garçon, prends le seau et m'en vais à travers champs. Je connais l'itinéraire, d'abord le chemin puis les vaches et les clôtures électriques, je pourrais trouver le puits les yeux fermés. Après l'échalier, le sentier paraît différent de celui que nous avons emprunté le tout premier soir ici. Il est devenu boueux et glissant par endroits. Je continue en pataugeant jusqu'au portillon métallique et m'approche des marches. L'eau est beaucoup plus haute ces jours-ci. J'étais sur la cinquième marche ce premier soir, mais à présent je me tiens sur la première et vois l'eau atteindre et presque recouvrir le bord de la marche juste au-dessous de moi. Immobile, je respire pendant un moment, pour entendre les sons revenir vers moi, une dernière fois. Ensuite je me penche avec le seau, le laisse flotter puis se remplir et s'enfoncer comme le fait la femme mais lorsque je tends mon autre main pour le soulever, une main identique à la mienne semble sortir de l'eau et m'y entraîner.

# 8

Ce n'est pas ce soir-là ni le suivant, mais le surlendemain soir, le dimanche, que je retourne à la maison. Quand je suis revenue du puits, trempée jusqu'aux os, la femme m'a jeté un simple regard et s'est figée avant de me prendre dans ses bras et de m'emporter à l'intérieur et de refaire mon lit. Le lendemain matin, je ne me sentais pas fiévreuse, mais elle m'a gardée en haut, m'a monté des boissons chaudes avec du citron, du clou de girofle et du miel, de l'aspirine.

« Allons, c'est juste un refroidissement, ai-je entendu Kinsella dire.

— Quand je pense à ce qui aurait pu arriver.

— Tu l'as déjà dit cent fois.

— Mais...

— Rien n'est arrivé, la fillette va bien. Point à la ligne. »

Couchée là les pieds sur la bouillotte, j'écoute la pluie et je lis mes livres, prête plus d'attention aux histoires et invente une autre fin pour chacune d'elles, à chaque relecture. Je sommeille et fais des rêves étranges : la génisse perdue s'affole sur le rivage sombre, des vaches marron, maigres, n'ont pas de lait dans leurs pis, ma mère grimpe dans un pommier et ne peut pas redescendre. Puis je me réveille et bois le bouillon et ce qu'on m'apporte d'autre.

Le dimanche, j'ai la permission de me lever, et nous refaisons mon sac, comme la première fois. Vers la fin de l'après-midi, nous dînons, nous lavons et mettons nos beaux habits. Le soleil a percé, ses longs rayons pâles s'attardent, et la cour est sèche par endroits. Plus tôt que je ne l'aurais voulu, nous sommes prêts et assis dans la voiture, nous descendons le chemin, remontons la rue de Gorey et suivons les routes étroites qui traversent Carnew et Shillelagh.

« C'est là que papa a perdu la génisse rouge aux cartes, dis-je.

— Vraiment ? s'étonne Kinsella.

— Quel pari incroyable ! dit la femme.

— Une grosse perte pour lui », dit Kinsella.

Puis nous traversons Parkbridge, franchissons la colline où se dresse la vieille école, et descendons vers notre route. La barrière du chemin est fermée et Kinsella sort pour l'ouvrir. Il avance la voiture, referme la barrière derrière lui et roule très lentement jusqu'à la maison. Je sens, à cette minute, que la femme est en train de décider si elle doit ou non dire quelque chose mais je ne sais pas vraiment de quoi il s'agit, et elle ne me laisse rien deviner. La voiture s'arrête devant la maison, les chiens aboient, et mes sœurs se précipitent dehors. Je vois ma mère regarder par la fenêtre, avec celui qui est maintenant l'avant-dernier dans les bras.

À l'intérieur, la maison paraît froide et humide. Des traces de pas salissent le lino. Maman se tient là avec mon petit frère et me regarde.

« Tu as grandi, dit-elle.

— Oui, dis-je.

— C'est ''oui'', à présent ? » demande-t-elle, et elle hausse les sourcils.

Elle dit bonsoir aux Kinsella et les prie de s'asseoir – s'ils trouvent de la place – et remplit la bouilloire en puisant dans le seau sous la table de la cuisine. Nous écartons des jouets du siège de voiture sous la fenêtre et nous asseyons. Voilà les mugs sortis du buffet, une miche de pain tranchée, le beurre et la confiture à disposition.

« Oh, je t'ai apporté de la confiture, dit la femme. Rappelle-moi bien de te la donner, Mary.

— J'ai préparé celle-ci avec la rhubarbe que tu m'as fait passer, dit maman. C'est le dernier pot.

— J'aurais dû t'en rapporter, dit la femme. Je n'y ai pas pensé.

— Où est le nouveau poupon ? demande Kinsella.

— Oh, il est là-haut dans la chambre. Vous l'entendrez bien assez tôt.

— Est-ce qu'il fait ses nuits ?

— Ça dépend, dit maman. Il peut pleurer à n'importe quelle heure, ce marmot. »

Mes sœurs me regardent comme si j'étais une cousine anglaise, s'approchent pour toucher ma robe, les boucles de mes chaussures. Elles semblent changées, plus minces, et n'ont rien à dire. Nous nous installons autour de la table et mangeons le pain et buvons le thé. Lorsque des pleurs retentissent à l'étage, ma mère confie mon frère à Mrs Kinsella et monte chercher le bébé. Le bébé est rose, en larmes, les poings serrés. Il paraît plus gros que le dernier, plus robuste.

« N'est-ce pas là un beau petit, Dieu le bénisse, dit Kinsella.

— S'il n'est pas adorable ! » dit Mrs Kinsella, continuant à tenir l'autre.

D'une main, maman reverse du thé à chacun d'eux puis s'assoit et présente son sein au bébé. Qu'elle le nourrisse devant Kinsella me fait rougir. Me voyant rougir, maman me lance un long regard pénétrant.

« Tu es toute seule ? dit Kinsella.

— Il est sorti en fin d'après-midi, j'ignore où », dit maman.

Une petite conversation s'engage alors, des propos sont échangés, circulent entre eux un moment. Peu après, on entend une voiture dehors. Plus une parole n'est prononcée avant que mon père apparaisse et jette son chapeau sur le buffet.

« Bonsoir tout le monde, dit-il.

— Dan, dit Kinsella.

— Ah, voilà l'enfant prodigue, dit-il. Tu es revenue parmi nous, hein ? »

Je réponds que je suis revenue.

« Elle vous a causé des ennuis ?

— Des ennuis ? dit Kinsella. Elle a été sage comme une image, cette fillette.

— C'est vrai, ça ? dit papa, qui s'assoit. Oh, quel soulagement.

— Tu veux sans doute t'installer à table, dit Mrs Kinsella, et souper.

— J'ai fait un souper liquide, dit papa, là-bas à Parkbridge. »

Maman tourne le bébé vers l'autre sein et change de sujet. « Alors vraiment rien de neuf de votre côté ?

— Pas la moindre nouveauté, dit Kinsella. C'est très tranquille chez nous. »

À cet instant j'éternue, et je cherche mon mouchoir dans ma poche et me mouche.

« Tu as attrapé un rhume ? dit maman.

— Non, dis-je, d'une voix rauque.

— Tu es sûre ?

— Il n'est rien arrivé.

— Comment ça ?

— Je n'ai pas attrapé de rhume, dis-je.

— Je vois, dit-elle, en me lançant un nouveau regard pénétrant.

— La petite est restée au lit les deux jours passés, dit Kinsella. Juste un léger refroidissement.

— Bien entendu, dit papa. Tu ne pourrais pas t'occuper d'une famille. Tu te connais.

— Dan », dit maman d'un ton d'acier.

Mrs Kinsella semble mal à l'aise, comme le jour des groseilles.

« Bon, je crois qu'il va falloir nous sauver, dit Kinsella. Le trajet de retour est long.

— Oh, mais quelle urgence il y a ? dit maman.

— Aucune urgence, Mary, juste notre ordinaire. Avec ces vaches, pas question de faire la grasse matinée. »

À ce moment-là il se lève et retire mon petit frère des bras de sa femme et le donne à mon père. Mon père le prend et regarde le bébé qui tète. J'éternue et je me mouche à nouveau.

« Tu ramènes une crève épouvantable, dit papa.

— Écoute, elle s'est déjà enrhumée et elle s'enrhumera encore, dit maman. Comme s'il n'y avait pas des microbes dans l'air !

— Es-tu prête à rentrer ? » demande Kinsella.

À ces mots, Mrs Kinsella se lève et ils disent au revoir et quittent la pièce. Je les accompagne jusqu'à la voiture avec ma mère qui a toujours le bébé dans les bras. Kinsella sort le cageot de confiture, les vingt-cinq kilos de pommes de terre.

« Elles ont une chair fondante, Mary, dit-il. C'est des Queen. »

Nous nous tenons là une minute puis ma mère les remercie, disant que c'était très gentil à eux de me garder.

« Avec plaisir, répond Kinsella.

— La fillette était la bienvenue et elle reste la bienvenue, quand il lui plaira, dit la femme.

— Elle te fait honneur, Mary, ajoute Kinsella. N'abandonne pas les livres, me dit-il. Je veux voir des TB sur tes cahiers la prochaine fois que je viendrai ici. » Ensuite il me donne un baiser et la femme m'étreint puis je les regarde monter dans la voiture et sens les portières se fermer et sursaute lorsque le moteur s'allume et que la voiture commence à rouler. Kinsella semble plus pressé de s'éloigner qu'il l'était d'atteindre la maison.

« Bon, qu'est-ce qui est arrivé ? dit maman, maintenant que la voiture a disparu.

— Rien, dis-je.

— Raconte-moi.

— Il n'est rien arrivé. » Même si c'est à ma mère que je m'adresse, j'ai suffisamment appris, suffisamment grandi, pour savoir que parler de ce qui est arrivé n'est pas du tout une obligation. C'est ma belle occasion de me taire.

J'entends la voiture freiner sur le gravier dans le chemin, la portière s'ouvrir, et me voici en train de faire ce que je fais le mieux. Je n'ai pas besoin de réfléchir. Je pars comme une flèche et dévale le chemin. J'ai l'impression que mon cœur est entre mes mains plus que dans ma poitrine, et que je le transporte à toute vitesse, comme si j'étais devenue la messagère de ce qui se passe à l'intérieur de moi. Plusieurs images me traversent l'esprit : le garçon sur le papier peint, les groseilles, ce moment où le seau m'a entraînée sous l'eau, la génisse perdue, le matelas suintant, la troisième lumière. Je pense à mon été, à maintenant, surtout à maintenant.

Alors que je prends le virage, que j'atteins l'endroit où je n'ose pas lancer un regard, je le vois là-bas, qui replace l'attache sur la barrière, la referme. Ses yeux sont baissés, et il semble regarder ses mains, ce qu'il fait. Mes pieds frappent le gravier raboteux, la bande d'herbe abîmée au milieu de notre chemin. Il n'y a qu'une chose dont je me soucie maintenant, et mes pieds me mènent. Dès qu'il m'aperçoit, il s'interrompt et se fige. Je n'hésite pas mais continue à courir vers lui et le temps que je le rejoigne la barrière est ouverte et je me jette contre lui et il me soulève de terre. Longtemps, il me tient serrée. Je sens les martèlements de mon cœur, ma respiration précipitée, puis mon cœur et ma respiration prendre des rythmes différents. À un certain moment, beaucoup plus tard je crois, une bourrasque souffle dans les arbres et projette sur nous de grosses gouttes de pluie. J'ai les yeux fermés et je le sens lui, je sens sa chaleur à lui passer au travers de ses beaux habits. Quand je rouvre enfin les yeux et regarde par-dessus son épaule, c'est mon père que je vois, qui s'approche d'un pas résolu et régulier, son bâton à la main. Je me cramponne comme si j'allais me noyer si je lâchais prise, et j'écoute la femme qui semble, au fond de sa gorge, sangloter et pleurer tour à tour, comme si elle pleurait non pas pour un, mais pour deux. Je n'ose pas garder les yeux ouverts et pourtant je ne les ferme pas, observant le chemin, derrière l'épaule de Kinsella, voyant ce qu'il ne peut pas voir. Si une partie de moi veut de tout cœur descendre et dire à la femme qui s'est tellement bien occupée de moi que je n'en parlerai jamais, absolument jamais, quelque chose de plus profond me maintient là dans les bras de Kinsella, toujours cramponnée.

« Papa », je l'appelle sans relâche, je l'avertis sans relâche. « Papa. »

REMERCIEMENTS

L'auteur voudrait remercier Richard Ford pour toute sa gentillesse ; Declan Meade de la revue *The Stinging Fly*, et Redmond Doran du pub Davy Byrnes qui a parrainé le prix.

MIXTE
Papier issu de sources responsables
FSC® C003309
www.fsc.org

10/18, une marque d'Univers Poche,
est un éditeur qui s'engage pour
la préservation de son environnement
et qui utilise du papier fabriqué à partir
de bois provenant de forêts gérées
de manière responsable.

*Impression réalisée par*

BRODARD & TAUPIN

La Flèche (Sarthe), 72429
Dépôt légal : août 2012
Suite du premier tirage : février 2013
X05613/04

*Imprimé en France*